KB112666

유리멘탈의

자생력

유리멘탈의 자생력

발행일	2019년 11월 22일		
지은이	문재		
펴낸이	손형국		
펴낸곳	(주)북랩		
편집인	선일영	편집	오경진, 강대건, 최예은, 최승헌, 김경무
디자인	이현수, 김민하, 한수희, 김윤주, 허지혜	제작	박기성, 황동현, 구성우, 장홍석
마케팅	김회란, 박진관, 조하라, 장은별		
출판등록	2004. 12. 1(제2012-000051호)		
주소	서울특별시 금천구 가산디지털 1로 168, 우림라이온스밸리 B동 B113~114호, C동 B101호		
홈페이지	www.book.co.kr		
전화번호	(02)2026-5777	팩스	(02)2026-5747
ISBN	979-11-6299-977-6 03810 (종이책)		979-11-6299-978-3 05810 (전자책)

이 도서의 국립중앙도서관 출판예정도서목록(CIP)은 서지정보유통지원시스템 홈페이지(http://seoji.nl.go.kr)와
국가자료공동목록시스템(http://www.nl.go.kr/kolisnet)에서 이용하실 수 있습니다.
(CIP제어번호: 2019047054)

(주)북랩 성공출판의 파트너

북랩 홈페이지와 패밀리 사이트에서 다양한 출판 솔루션을 만나 보세요!

홈페이지 book.co.kr　•　**블로그** blog.naver.com/essaybook　•　**출판문의** book@book.co.kr

문
재
시
집

유리멘탈의
자생력

북랩 book Lab

글머리에

시를 쓰면서도
나의 시를 세상으로 보낼 수 있을까
이렇게 쉬운 시
가볍게 읽는 글 한 줄에도
마음 어딘가를 울리는
그런 쉬운 시를 쓰고 싶다
마음 속살까지 보일까 두렵더라도
나의 마음이 곧 사람들의 마음이 되는
그런 시를 쓰고 싶다

이 책을 내는 데 아름다운 사진을 보내 주신 사진작가 조수연 님께 감사드립니다.

2019년 11월
문재

목차

마음이 통했다

사람들이 꽃을 보며 지나갔다

나도 꽃을 보며 지나간다

마음이 통했다

닮고 싶은 꽃

꽃병에 꽂힌 이름 모를 꽃

얼마 전 선물 받은 안개꽃을 닮은 아름다운 꽃

바쁜 일상 며칠을 스쳐만 지나다가

오늘 우연히 보았다

꽃이 시든 모습을

하얀 봉오리 봉오리 다시 아무린 채 단정히 돌아가고 있었다

나의 마음이 잠시 멈추었다

처음 모습도 아름다웠지만

돌아가는 뒷모습이 더 단정히 아름다운 꽃

이름 모를 꽃

닮고 싶은 꽃

유리멘탈의 자생력

인정하고 싶지 않지만
나는 유리멘탈이다

작은 충격에도 산산이 부서지는
마음의 조각들

그러나 우리에게도 자생력이 있다

산산이 흩어진 마음도
일주일쯤 지나면
서서히 아물어 다시 일상으로 돌아갈 수 있다
몇 시간이면 거뜬할 철갑멘탈에 비해
우리는 단지 시간이 필요할 뿐이다

그리하여 우리도 살 수 있다

우리 멘탈의 자생력

촛불을 켠다

촛불을 켠다
성냥팔이 소녀처럼
마음의 촛불을 켠다
따스한 불빛
오늘 하루 슬펐던 마음을 비춘다
오늘 하루 시렸던 마음을 녹인다
마음이 따뜻해진다
내일을 잘 살 수 있을 것 같다

덕통사고

모든 이성을 넘어

너를 사랑하고 말았다

있을 수 있는 일이냐

이렇게도 냉철한 내가

네 앞에서만은 두 손을 들고 만다

밥을 먹을 때나 커피를 마실 때나

책을 읽을 때 심지어 신호등을 건널 때조차

너는 아무데서나 툭툭 튀어 나온다

너는 나에게 예기치 못한 덕통사고다

심각하다

별

내가 사랑한 사람은 세상의 별이 되었다
그는 멀리서 가까이서 반짝인다
나는 멀리서 가까이서 사랑한다

보고 싶다 보고 싶다 보고 싶다
그러나 멀리서 반짝인다

사랑한다 사랑한다 사랑한다
그러나 멀리서 반짝인다

닿을 수 없다
그는 별이 되어 반짝인다
나는 눈물이 되어 반짝인다

유리멘탈의 자생력

많을수록 지루하다

어쩐지 삶은 많을수록 지루해지는 것 같다

어느 날 더 값진 물건과 음식을 더 쉽게 가질 수 있게 되었는데

왠지 삶의 즐거움은 더 작아진 것 같은 느낌이었다

동전을 세어 가며 살던 백수 시절에는

겨우 살 수 있었던 싸구려 신발과 가방에도

거울 앞에서 이리 보고 저리 보고

흐뭇함이 가득 찼었다

지금은 오늘 사고 내일 또 살 수 있게 물질이 많아졌지만

지루하다 뭔가 삶이 지루하다

적을수록 감사한 즐거움이 분명히 있는 것 같다

많을수록 세상으로 되돌려 부족함의 즐거움을 지켜야 한다

절연

가을바람 속으로 걸어 들어갔다

뒷모습만 그대의 마음속에 남도록

그대는 나를 기억할 필요가 없다

신데렐라에게

좋은 집, 깨끗한 옷, 따뜻한 음식

모두 두고 부엌 방 재투성이가 된 너는 어떤 마음이었을까

그 밤은 눈물을 흘렸을지 모르지만

하루가 지나고 이틀이 지나고

너는 점점 있는 곳에서의 즐거움을 찾았을지도 모른다

어느 자리에 있건 평안의 중심은 마음의 중심에 있다는 걸

그러면 너는 재투성이이거나 왕비이거나 행복했을 거야

사랑의 의지

그럼에도 불구하고 사랑한다

목련

아직도 누군가의 그립고 그리운 여인이기를

담장 안으로 핀 희디흰 목련꽃처럼

나이가 들어도

그대에게는 여전히 아련한 사람이기를

세월을 넘긴 여인들

아직도 가슴에

소녀 하나씩 지니고 산다

유리 멘탈의 자생력

네잎 클로버

옛 시집을 읽다가

책갈피 사이 오래된 네잎 클로버

잎사귀 하나가 그만 톡 부서졌다

어디선가 행복했던 기억을

함께 꽂아 두었던 것일 텐데

어쩌나

네잎 클로버야 네잎 클로버야

이 세상 모든 것은 온 곳으로 돌아간단다

가엾은 네게 입을 맞춘다

너무 슬퍼하지 마

모두가 간다

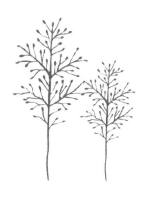

참된 쉼

행복한 시간을 맞이하였다

오랜만에 책을 읽고 눈물도 흘렸다

육신이 바빠서가 아니었다

TV를 보아도 재미있는지 몰랐고

맛난 것을 보아도 먹고 싶지 않았다

정신이 척박했딘 깃이다

잠시의 쉼일지라도

영혼이 돌아와야 참된 쉼이다

힘든 하루

덜 밉도록
너무 미웠는데
너도 잘못할 수 있겠지
마음 다듬기를 한다
맷돌 바닥이 다 닳아 없어질 때까지
마음을 돌리고 돌리고
미움은 갈리고 갈리고
마음 다듬기를 한다
쬐끔 병아리 눈물만큼 미움이 없어졌다
힘든 하루

화가 많은 날

살면서 미운 돌멩이 같은 인간들을 본다
주변 사람 힘들게 하는 모난 얌체들
걷다가 치인 발에 톡 차 버리고 싶다

기분이 안 좋은 날

나를 위로하기 위해 썼던 글들이
오늘 또 나에게 위로를 준다
난 다시 일어서겠지

모두들 행복을 찾고 행복으로 점철된 모습을 보여
주지만
들여다보면 삶은 크고 작은 상처들도 계속되고
있음을
그러나 괜찮다
잠시 웅크렸다가 다독이고 일어서면 그뿐
행복과 상처를 엮어 가면서
자신만의 인생을 잘 짜 가기로 한다

뒤에 있는 사랑

미안하다

너의 인생이 시끄럽다고 해서

너도 온 힘을 다해 네 삶을 살고 있었을 텐데

나의 삶처럼 조용하기를

너에게 바랐던 거야

너는 내가 아닌데 말이야

사랑한다

너는 완벽할 필요가 없다

너는 너의 인생을 맘껏 펼치거라

나는 너의 뒤에 있기로 한다

똑똑똑

마음을 단단히 하는 말이나
위로의 글도 마음에 닿지 않는 날
한없이 가라앉는 마음을
어떻게 꾸려나가야 할까
하루 종일 생각에 잠긴다
똑똑똑
나를 깨워야 한다
조금만 더 앉았다가
혼자 일어나 문을 열고 나와야 한다
조금만
조금만 기다려

유리멘탈의 자생력

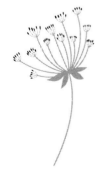

생각 상자

하루 종일 생각에 잠기고 말았다
지나간 상처들이 넝쿨처럼 따라 올라와
나를 옴짝달싹 못하게 묶어 놓았다

나는 또 생각 상자 속에 들어간 것이다
나도 알고 있다

원망은 끝이 없다는 것을
그것은 타인을 중심으로 사는 것이다
내가 어떻게 살 것인가가 중심인 것이다

그래도 힘든 하루였다
조금만 기다려
늦더라도 꼭 나올게
알고 있으므로

우물 안 개구리

우물 속으로 우물 속으로 점점 우물 속으로
앞도 뒤도 보이지 않았다
무서웠으리라

그러나 개구리야
두려워 마라
너는 그렇게 우물의 밑바닥까지 내려가
너의 암흑과 철저히 혼자 맞닥뜨려라
네가 왜 슬픈지 너에게 물어보아라 충분히
그리고 그 해답을 알았을 때 너의 우물의 바닥을
힘차게 박차고 떠올라라

우물 밖에 떠올라 너의 태양을 바라보렴
삶의 밝은 빛도 있음을 새삼스레 감사하게 되리라

　　그리고 또 어느 날 서러운 상처로 우물 속으로 우
물 속으로 빠져 들어가거든

　　두려워 말고 우물의 밑바닥까지 내려가라

　　또 자신에게 왜냐고 묻고 그 답을 찾고

　　삶의 즐거운 빛이 희미하게 기억나기 시작할 때

　　우물의 바닥을 박차고 다시 올라와라

　　다음번엔 더 빨리 떠올라올 수 있다

　　너는 더 이상 우물이 두렵지 않다

못난 것 같은 날

하루가 간다

또 하루가 간다

못났다 하고 못난 것 같아도

나를 탓하진 않으리라

잘 다독여서 가리라

못나도 괜찮아

못나면 좀 어때

내가 나를 잘 보듬고 가리라

포근하게 해 주리라

세상에서 제일 따뜻하게 해 주리라

회자정리

슬퍼서 우는 것이 아니다
이별이 당연한 것임을 안다
하지만
사랑이 너를 따라가지 않고
나와 함께 남았기 때문이다

유 리 멘 탈 의   자 생 력

이제 떠나려는데

이제 떠나려는데
무엇인지 발길이 떨어지지 않는다
미움도 사랑도 함께 있었던 것이다

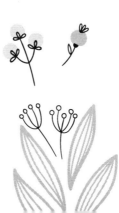

평온한 날

오늘은 시가 없다
마음속이 봄처럼 평온하다

Life is the flow

너무 행복하지도 말고

너무 불행하지도 말고

하루하루

좋아하고픈 것을 좋아하면서 살아가자

우리 앞에 인생이 흐르고 있으므로

다 지나간다

텅 빈 카페에서 생각에 잠긴다

사람들에 대해 생각한다

나에 대해 생각한다

관계 속에서 초라해지기 싫었던 것일까

내내 날을 세웠다

경계했다

그러나 나는 안다

사람들의 문제가 아니라는 것을

그들이 나를 초라하게 대해서가 아니라

내가 스스로 초라하다고 느끼고 있는 것을

오늘 초라하면 초라한 대로 무엇을 하든 묵묵히 하자

살다 보면 의지와 상관없이

초라한 날도 화려한 날도 있는 것을

다 지나간다

나의 사랑

설령 나의 마음이 그렇더라도

혹시 너의 마음이 그렇지 않다면

니의 사랑은 이디를 향해 가야 힐까

잠시 생각한다

너의 마음은 너의 것

사랑은 강요되지 않는 것

사랑은 억지로 만들어지지 않는 것

그러므로 존중한다 너의 마음을

나의 마음은 니가 세상에서 행복한 것

나의 사랑은 고이 접어 마음속에 둔다

후회의 다른 의미

후회는

돌이키고 싶었던 일을

되돌리는 것이라고 생각했다

내가 했던 섣부른 선택들을 다 되돌려 지금의 부끄러움이나 자괴감을 지우고 싶다고

그러나 어느 날 나는 알게 되었다

후회스러운 선택 뒤에 온 것들도

가치 있는 것임을

그것들 뒤에 더 성숙한 나와 만날 수 있었다는 것을

후회는 하되 되돌리지 않음을

후회의 다른 의미이다

배꽃

젊음은 점점 옅어져

이제는 누구를 그리워하였는지도 모르겠다

과수원엔 올해도 희디흰 배꽃들이 너울거리고

봄은 꽃으로 마음에 그리움 진다

사랑의 fade out

가로등,
너의 고백을 한없이 기다리던 그때에
나도 한없이 그 아래 서 있었다

결국
듣지 못한 고백은 가로등 불빛을 따라 사라져 갔고
못내 놓지 못한 마음도 사라져 갔다

기다림은 사랑이 될 수 없는 것
기다림 끝에 사랑은 fade out될 뿐이다

유리멘탈의 자생력

혼자

너무 오랫동안 혼자였던 것일까

자고 일어난 사람처럼

세상이 낯설다

사람은 결국 함께 있어도 혼자인 것을

사람을 미워해서가 아니다

인간은 누구나 홀로 왔다가 홀로 가는 것임을

세상 가장 없는 자에서 세상 유일 존귀한 자까지

모두가 망각을 강을 홀로 건너야 함을

홀로 됨을 두려워 말자

더 돈독히 내 안에 머물자

강물

홀로 자전거를 탔다

강가에서

여기저기 민들레가 피어 있었다

그리운 사람들을 생각하였다

잘해주지 못한 일들도 생각하였다

사랑받지 못한 일들도 생각하였다

용서하고 용서받음을

강물을 따라 많은 것을 버리고 왔다

자전거를 탄 몸이 홀씨처럼 가벼워졌다

코스모스

무엇을 기다리느냐

홀씨처럼 가볍지도 못하여
죽어선 그 자리에 다시 피고
또 다시 기다려야 하는
바꾸지 못할 천형

그토록 아름다운 긴긴 기다림

흰 눈

저 눈은

온 몸과 마음이 희도록

저렇게 수행했구나

나도 온 몸과 마음이 희도록

저렇게 수행하고 싶다

내리는 눈 속에 나조차 보이지 않네

유리알과 같은 마음

유리알과 같은 마음이
산산이 부서져 내린다

서럽지 말고
차라리 외롭자고
여린 마음을 다잡아 보지만

그래도 서러운 마음에
유리알 같은 마음이 산산이 부서져 내린다

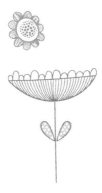

사춘기

마음에 사춘기가 왔다
사람에 대한 따뜻한 이해도 사라져
좋은 사람을 모진 말로 보내 놓았다
피폐하고 황량해진 마음을 본다
마음에 지독한 사춘기가 왔다
바람이 마구 휘몰아친다

유리멘탈의 자생력

비스듬히 껴안는다

사람들 사이에서 생채기가 난다

그들을 미워하는 것도 아닌데

사람들도 그러고 싶어 그러는 것도 아닌데

마음 여기저기에 생채기가 생긴다

예전 같으면

익숙한 도망침으로

떨어지는 날카로운 말들을 피해서

고립을 자처했을 것이다

그러나 살면서 알게 된 건

자꾸 도망치면 소중한 사람들을 놓아 버리게 된다

는 것이었다

그래서 이제는 생채기가 생겨도

보듬는다 소중한 사람을

서로에게 상처를 내지 않도록 비스듬히 껴안는다

생채기의 딱지가 딱딱해질 때까지

생채기가 나도 소중한 사람을 내치지 않는다

사랑하므로

소금

눈이 부실 것이다

밤새 끌어올린 눈물이 반짝인다

소리 내어 울지 않고

나는 그저 반짝일 것이다

사람들을 모를 것이다

나는 괜찮다

엄격한 자

자신에게 또는 사람들에게
무엇인가 잘못한 것 같은 마음이 드는 날에는
이제 그만
나의 죄를 사하노라
그러므로 너의 죄도 사하노라
자신에게 엄격한 사람은 남에게도 엄격하다는 것을
그러므로 딱히 그것이 다른 이에게 해를 주지 않는
다면
나를 용서하고 남도 용서하자
그리하여 따뜻해진 나와 남을 만나리라

너의 사랑

나는 왜 너에게로 가지 않았을까
나는 사랑하는 너의 마음을
왜 외면했을까

골목길에 서 있던 너를
왜 돌아보지 않았을까

혼자 걷는 차가운 길목에서
후회를 한다
너의 따뜻함을 생각한다
너는 이제 가고 없지만
너의 사랑이 이겼다

잘 지내고 있니

잘 지내고 있니

너는 거기에서

보고 싶다는 말들은 가슴에 별이 되어 박혔다

보고 싶을 때마다 무수히 반짝거린다

가슴이 아프다

오늘 밤도 무수히 무수히 반짝거린다

마음의 중심

혼들린다
또 혼들린다
너의 말에
그들의 말에
마음이 혼들거린다
마음의 중심을
다시 나로 잘 잡아야 한다
그래야 오래 사랑한다
그래야 오래 같이 지낸다

오늘 하루씩만

눈물이 났다
곧 마음을 다잡고 일어나야 한다
오래 울면 안 된다
언제까지 울고만 있을 수 없으니
내 손을 잡고 내가 일어난다
묵묵히 가기로 한다
잃은 것은 잃은 것이고
마음 아픈 것은 마음 아픈 것이다
그러니 오늘 하루씩만 묵묵히 가자
그러면 언젠가 저 끝에 다다를 거야

비오는 날

비가 온다

비가 오면 나는 가던 길을 돌아와 병자처럼 눕는다

우리는 모두 전생에서부터 혼자였던 것일까

비가 오면

사람들 외롭지만

모르는 듯

밥을 먹고 잠을 자고 아이를 낳는다

우울

비가 온다

마음은 이유도 없이 가라앉는다

단 빵을 먹어 보았다

기분이 좋아지지 않는다

아무래도 우울은 습관인 것 같다

사랑이 가슴에 묻힌다

간신히 그를 보낸다
무엇인가 묵직하게 나를 누른다
울지 못한 사랑이…
가슴에 묻힌다

가을바람

어디선가 서늘한 가을바람이 불어 왔다
무엇인가 가슴속에 그리운 마음
누가 그리운가 생각나지 않았다
기억을 잃은 것 같다
서늘한 바람 속에 내가 있다

유
리
멘
탈
의 자
생
력

그때까지 사랑해

힘든 일을 마주하였다
우리의 힘으로 어찌할 수 없는

헤어져
각자의 자리에서 묵묵히 하기로 한다
네가 떠난 길을 따라 꽃잎들이 하늘로 날린다

해마다 흩날리는 저 꽃잎을 따라
우리의 힘든 시간도 다 지나가기를

그러면 어느 날 그 분홍빛 꽃길 아래에서
너를 기다리고 있을게
그때까지 사랑해

세상의 삶도 좋다

예전에는
세상이 때 묻은 것 같아
산중의 삶을 동경하였다
그러나 지금 나는 세상 속에서 사람들과 함께 산다
세상도 때 묻은 중에 따뜻하고 깨끗한 것들이 많이
있더라
그래서 세상의 삶도 좋다

오늘은 쉬다

오늘은 쉬기로 한다

작동 모드를 off 했다

생각을 멈추고

아이처럼

세상 구경 사람 구경

봄꽃

꽃이 피었다

예뻐서 꽃나무 아래 한참을 서서 바라보았다

겹겹이 작은 분홍 꽃망울

이름도 모른 채

돌아서는 마음이

풋풋한 청년처럼 못내 아쉽다

자꾸 뒤돌아보고 싶은 봄꽃

희미하게 사랑한다

사랑도 옅어져
이젠 희미하게 사랑한다
갈 곳 잃은 마음들을 어쩌지 못하여
홀로 앉아 시를 쓰던 나날들
그렇게 사랑은 옅어져 옅어져
희미한 사랑이 되네

사랑

하느님 감사합니다

사랑하는 사람이

이 하늘 아래 어디선가

잘 살고 있다는 소식이 왔습니다

감사합니다

나에게 성공과 부귀와 영화리는

커다란 복이 없다 해도

그 사람이

잘 먹고 잘 자고 평안하다면

행복입니다

만족입니다

감사입니다

갈증

그립다

너무 그립다

온종일 너에게로 갈증이다

꿈

사람들 시끌벅적한 바닷가에서
바다를 보며
커피를 파는 할머니가 되어야지

푸른 바닷가
갈매기 너울너울 날아다니는 것을 하루 종일 바라
봐야지

엄마랑 아이랑
연인이랑 친구들이랑
사람들 까르르 즐거운 모습
흐뭇이 구경해야지

꼭 하루 필요한 만큼의 커피만 팔아야지
나 왠지 행복할 것 같다

행복한 순간

나에게 행복한 한 순간이 또 왔다

인생의 파도를 넘고 넘어

잠시 잔잔한 바다에 도착했다

내 배는 또 일렁이며 다른 파도를 넘어 나아가겠지만

어떤 마음으로 파도를 넘느냐가 중요한 것 같다

마음의 중심을 잘 잡으면 거친 파도 속을 누빌지라도

잠깐씩

잔잔한 바다에 도착할 수 있다

생기 있는 사람들을 보았다

결국, 열정
그것이 사람을 생기 있어 보이게 하였다
척박한 땅을 뚫고 나오는
떡잎조차도 두껍고 단단한 그들
그들은 어떻게든 자라나 튼튼하고 강인한 나무가
된다
온 주변에 밝고 시원한 기운을 주는
살아 있는 기운
생기 있는 나무, 그들

봄

이제 봄이 오려 한다
창가에 비치는 햇살이 따스하다
유난히 길었던 겨울
창가에 앉아
오랫동안 따뜻한 햇살을 맞는다
잠시 눈을 감는다
영혼이 포근하다

적응하는 데 시간이 많이 걸리는 나

적응하는 데 시간이 많이 걸리는 나
사람들이 잘 가는 길을
왜 이렇게 힘들게 가는 것인지
많은 눈물을 흘린 뒤에야
겨우 따라간다
마음을 버린다
적응하는 데 시간이 많이 걸리는 나
너무 소중해서 마음을 버리기가 어려웠다
겨우 그렇게 하기로 한다

평행선 사랑

너를 만나러 가는 길은

닿지 않는 평행선 같다

영원히 만날 수 없는

바리바리 싸 온 마음을 줄 수도 없는

닿지 않는 평행선 사랑

마음을 단정히 한다

섭섭하고 원망스런 마음이 들 때는

나도 잘못할 수 있는 것처럼

너도 잘못할 수 있겠지

마음을 버린다

버리려 한다

마음을 단정히 한다

사랑해 나

갑자기 삶에 던져진 돌멩이 하나

마음은 잠시 흔들렸지만

모습은 잃지 않았네

눈빛은 따뜻이 그대로 있네

중심을 다시 잡았네

그린 네가 너무 마음에 든다

이런 말 어색하지만

사랑해 나

고요한 마음

삶은 고요하구나

추억이 깃든 길을 함께 걸어 볼 때도

고요함으로 추억과 만난다

말이 없어도 손을 잡는다

말이 없어도 나는 네가 좋다

우리는 서로 좋다

혼자 있을 때도 사람들과 있을 때도

잠시의 고요함을 만난다

고요한 마음이 참 좋다

일요일의 거리 풍경

아빠랑 아이가 자전거를 타고 지나간다

여자아이가 킥보드를 타고 지나간다

갈래머리가 팔랑거린다

연인들이 팔짱을 끼고 지나간다

아저씨가 도넛 가게 부스를 살피며 지나간다

잠시 아무도 안 지나간다

초록빛 가로수가 하늘거린다

바람이 지나간다

아이 엄마가 유모차를 밀고 지나간다

흰 모자를 쓴 학생이 지나간다

사람들이 다시 많이 지나간다

일요일의 거리 풍경

사람들이 평온하다

바쁜 하루

아휴 바쁘다

정말 바쁘다

화장실이라도 들어가서 잠시 정신 좀 쉬고 싶다

너도 바쁘고 나도 바쁜 세상

바쁜 채로 함께 껴안고 간다

머뭇거리다

이 길을 가고 싶은데
이 길을 가면 이러저러한 힘듦이 있을 것 같고

그럼 저 길을 갈게
저 길은 좋은데 재미는 없을 것 같고

망설인다
용기 있게 한 발 내딛고 싶은데
무엇인가 두려워
길 위에서 머뭇거린다

자기만의 바둑

그들의 일은 그들에게 맡기자
누가 그랬다
모두 자기만의 바둑이 있는 거라고
불안과 걱정으로 자꾸 간섭하면
스스로 자라는 힘이 없게 된다
지나친 사랑이 독이 된다

짜증나는 날

울고 싶은데
울기 싫어서
그만 짜증이 난다

감정에 휩쓸리는 일들이 싫어서인지
눈물을 참는다

아니면 울기 시작하면
그 눈물을 감당할 수 없을까 봐
인상을 쓴 채로
애꿎은 눈언저리만 꾹꾹 누른다

어른이 되니 울기가 싫다
묻어둔 눈물들이 어떻게 되었는지는 나도 모른다
알고 싶지 않다

그들은 가고

그들은 가고
홀로 남았다
그리곤 소식들이 들려왔다

멀리서 빛나는 그들
난 꺼진 등불 같았다
그러나 난 나의 길을 가기로 한다 묵묵히

작은 등불을 켜 내 어두운 발을 비춘다
어두운 길을 한 걸음씩 걸어
가고 싶은 곳까지 흔들리며 걸으리라
그 끝에 꼭 닿으리라

묵묵히 하기로 한다

살다 보니 어려운 일이 많다

파도처럼 밀려온다

울고 싶다

그만하고 싶다

싫다고 말하고 싶다

그러나 묵묵히 하기로 한다

입을 앙다물었다

그만하는 것은 쉬우니

굽히지 않는 묵묵함으로 저 끝에 다다를 거야

이제 됐다고 생각된 어느 날 나의 의지로 돌아올
거야

다시 주먹을 꽉 쥔다

날개가 돋는다면

어느 시인이 물었다
양쪽 겨드랑이에서 날개가 돋는다면 어떻게 할 것
인지
나는 문득 두렵다
내 등에 날개가 생긴다면
정처 없을까 봐
예쁜 아기 좋은 님 다 놔두고
날개옷을 되찾은 선녀처럼
하늘로 날아올라
날개 짚시 영혼처럼 정처 없이 떠돌까 봐
돌아오지 않을까 봐 두렵다

해바라기 사랑

그대는 나에게 오지 않는다

해바라기 사랑이다

나의 사랑은

추억의 노래

잠시 그 시절의 나를 만났다

스무 살의 나는

추억의 노래를 타고

플라타너스 길을 따라 걸어왔다

그때 우리는 즐거운 꿈에 대해 웃으며 재잘거렸지

시간은 흐르고

이제는 서로 완벽히 다른 곳에 있지만

그때의 노래를 타고 가끔 그때를 다시 만난다

서로 다른 시간에 서로를 추억한다

지나와서 더 아름다운 시절

별을 좋아한다

예전에는 별을 참 좋아하였다

지금도 별을 좋아한다

이유는 없다

사랑 같은 것이다

어른

나 이제 좀 어른이 된 것 같아

사람들의 인정이 필요해서
무엇인가 늘 그들에게 묻곤 했는데
이제는 묻지 않는다

내 생각이 무엇인가 나에게 묻게 되었다

고민하는 너를 보며

너에게 무엇이 좋은지

나는 생각한다

이 길은 이래서 너에게 좋고

저 길도 저래서 너에게 좋다

그러나 정말 너에게 하고 싶은 말은

한 선택 뒤에 따라오는 결과를 배우고

더 단단한 네가 되었으면

최고로 좋은 선택보다는

선택 후의 결과에 대한 마음의 자세가 중요한 것 같다

내가 하는 말이 세상의 말과 다를지라도

국화

연보라 자그마한 꽃잎을 안은

국화꽃 화분 앞에서 발을 멈춘다

주고 싶은 사람이 생각이 났다

보라색 소국을 좋아하던 친구

친구야, 너를 기억하는 친구가 있음을 기뻐해도 좋다

너의 친구가 아직도 네가 좋아하는 것을 기억하고

있음을

국화꽃 화분 앞에서 잠시 친구를 만난다

고향

비가 오려는지

집으로 가는 저녁 길에

개구리 울음소리

한 걸음 한 걸음 밟혀오는 고향 생각

그리움 생각

너무 오래 떠나온 곳

좋은 때

아이를 길러서 힘들다 생각했는데
아이가 있어서 행복하니
아이를 기르는 때가
좋은 때라고 생각한다

힘든 것들도
한 발 떨어져 보면
좋아하고 있었던 것을
떠나 보면
사실 그때가 좋은 때이다

눈꽃 편지

아이야,

첫눈이 왔다

너도 보았는지

닿지 않는 너에게

눈꽃 편지를 보낸다

사랑한다

희디흰 눈꽃송이

너의 이마에 너의 입술에

웃는 너

사랑한다 아이야

엄마는 기도할밖에

한 일이 다 끝났다고 생각해 휴 한 숨 돌렸더니
오늘 또 새로운 일
걱정에 마음은 또 고생을 한다
자식의 일이라 대신하지도 못하고
또 눈물바람
다만 내가 어린 날 어느 삶의 언덕에서
나의 방식들로 어떤 일들을 처리했던 것처럼
아이야, 너도 네 앞의 인생의 돌멩이들을
너의 방식대로 잘 피하고 넘어가거라
그리하여 더 단단한 네가 되기를
엄마는 기도할밖에

자식

자식이란 등불 같은 것이구나

떠났던 아이가 돌아와

건넌방에 자는데

깜깜한 그 방에 등불이 켜진 것만 같다

마음의 등불이다

환하고 따스하다